Jules César

OU

LE SIÉGE DE MARSEILLE,

MÉLODRAME.

IMPRIMERIE DE MARIUS OLIVE,
A MARSEILLE.

JULES-CÉSAR

OU

LE SIÉGE DE MARSEILLE,

MÉLODRAME HISTORIQUE EN TROIS ACTES
ET A GRAND SPECTACLE,

REPRÉSENTÉ POUR LA PREMIÈRE FOIS SUR LE THÉATRE - FRANÇAIS
DE MARSEILLE, LE 27 DÉCEMBRE 1827.

> Sans Marseille, Rome n'aurait jamais étendu
> sa puissance au-delà des Alpes; sans Rome,
> Marseille serait devenue la souveraine des
> Gaules.

PAR F. CHAILAN.

MARSEILLE.

MASVERT, LIBRAIRE, SUR LE PORT,

CAMOIN, PLACE ROYALE.

※

1827.

PERSONNAGES.   ACTEURS.

JULES-CÉSAR, prince et conquérant romain .... } VICTOR.

CAIUS-TREBONIUS, lieut. de César.. St-AMANT.

FULCO, Gouverneur de Marseille...... BERNETTE.

BÉLIÉLIS, fille d'Ariston .... Mme BELFORT.

ANTINOUS, fils de Fulco, et capitaine des gardes marseillais........ } DANGREMONT.

ARISTON, premier consul de Marseille. BELTON.

SPELCY, vieux marin, serviteur de Fulco .... } ARNAUD (Victor.)

FULVIUS, romain exilé à Marseille. BAUBET fils.

UN OFFICIER marseillais........... MARCHAND aîné.

UN OFFICIER romain............... MARCHAND jeune.

UN SOLDAT romain.................

Consuls, Gardes, Peuple Marseillais, Officiers et Soldats romains.

La Scène se passe à Marseille.

JULES - CÉSAR

OU

LE SIÉGE DE MARSEILLE,

MÉLODRAME.

ACTE PREMIER.

La scène représente une place publique : à droite sont placés des siéges pour les chefs de la république ; à gauche sont d'autres siéges pour Jules-César et sa suite. Le fond du théâtre offre la vue des remparts; à droite, sur les remparts, est une grosse tour; à gauche est une des portes de la ville.

SCÈNE PREMIÈRE.

Plusieurs habitans décorent la place avec des guirlandes de fleurs, et d'autres rangent les siéges. Antinoüs et Béliélis entrent ensemble.

SCÈNE II.

ANTINOUS, BÉLIÉLIS.

ANTINOUS.

Chère Béliélis, la présence de Jules-César
fait naître en mon cœur de vives alarmes : ces
plateaux qu'il fait élever, cette rumeur conti-
nuelle parmi ses légions, me font présager les
plus funestes résultats. La mésintelligence qui
existe entre César et Pompée a sans doute inspiré
à cet ambitieux le desir de nous faire servir à
satisfaire ses projets. Mais qu'il tremble, s'il ose
nous attaquer !

BÉLIÉLIS.

Quelles sont, Antinoüs, les raisons qui peuvent
vous porter à un pareil soupçon ? César, il est
vrai, campe depuis huit jours sous les remparts
de notre ville, mais les travaux qu'il ordonne à
ses soldats, sont plutôt pour paralyser les vices
qu'entraîne l'oisiveté que pour nous inspirer de
la crainte. Il respectera notre liberté. L'amitié
la plus parfaite nous lie à Rome, et César ne
tenterait pas à exposer son armée et à rompre
notre alliance, tandis qu'il peut conserver l'une
et l'autre.

ANTINOUS.

C'est en vain, Béliélis, que vous chercheriez à dissiper mes alarmes : puissent-elles ne se réaliser jamais ! cette entrevue qu'a demandé César, occupe toute ma pensée et il me tarde d'en connaître les résultats.

BÉLIÉLIS.

Dans une heure vous les connaîtrez. Bientôt votre père, accompagné des autres chefs de la république, doit se rendre ici où César fera connaître ses desseins. Mais le peuple se rassemble : Spelcy, ce fidèle serviteur, le conduit.

(Un groupe de Marseillais arrive, Spelcy est à leur tête et paraît surpris de rencontrer Antinoüs.)

SPELCY.

Vous voilà, seigneur Antinoüs, je vous cherche depuis long-temps; votre père impatient de vous revoir, m'a chargé de vous dire qu'il n'attend plus que vous pour se rendre en ces lieux.

ANTINOUS.

C'est bien...... Permettez, Béliélis, que je vous accompagne et que je me rende ensuite auprès de mon père.

(Béliélis fait un signe d'adhésion; Antinoüs lui présente la main et sortent ensemble.)

SCÈNE III.

SPELCY *seul.*

S'il ne va pas plus vîte, je conseillerai au
seigneur Fulco de ne pas s'ennuyer; oh! les
amans sont tous les mêmes, ils ne se quitteraient
jamais..... Je réfléchissais tantôt sur l'agrément
qu'il y a d'occuper un grand emploi; quels
honneurs on reçoit! une armée entière traverse
l'Italie et vient à Marseille tout exprès pour le
mariage de la fille du consul; par ma foi cela
ne s'était jamais vu! il est vrai que lorsqu'on dit
un consul de Marseille!.... Mais je les vois s'approcher, feignons toujours de ne rien savoir.

(Fulco, Ariston, Antinoüs, consuls, officiers, peuple et soldats
entrent par le fond du théâtre. Fulco tient une lettre à la main.)

SCÈNE IV.

FULCO, ARISTON, ANTINOUS, SPELCY, CONSULS, PEUPLE ET SOLDATS.

FULCO s'adressant aux consuls.

Je suis satisfait, seigneurs, de vous trouver
réunis. Avant de recevoir le général romain, je
dois vous communiquer un message qui m'a été
remis aujourd'hui même, et qui nous est adressé

par le grand Pompée notre ami et notre allié ; en voici le contenu :

« Aux Gouverneur et Consuls de la république « de Marseille.

« Seigneurs et fidèles alliés,

« La jalousie, et surtout l'ambition de Jules-« César, ont allumé dans Rome le flambeau de la « discorde et excité la guerre civile. Malgré la « douleur que j'en éprouve, il m'a été impossible « d'éviter ce malheur. César se rend en Espagne « pour combattre mes troupes, et il se flatte de « vous attirer à son parti. Défiez-vous de ses « promesses ; car vous ne tarderiez pas à vous « repentir de votre confiance s'il parvenait à « vous séduire : il veut détruire votre liberté que « Pompée sera toujours prêt à défendre. »

Les sentimens que nous exprime Pompée et les conseils qu'il nous donne, sont des nouvelles preuves de son attachement, et sa loyauté doit lui mériter la continuation de notre confiance.

ARISTON.

Gouverneur ! César et Pompée sont tous deux enfans de Rome, notre fidèle alliée : quelques différends se sont élevés entre ces grands capitaines ; nous devons déplorer leur erreur et prier les dieux de les éclairer sur leurs propres intérêts.

Je pense qu'il serait impolitique de nous déclarer
en faveur de l'un ou de l'autre, quelque juste que
nous paraisse sa cause, puisque nous ne saurions
le faire, sans être obligés de combattre des Romains nos amis, nos frères d'armes !

FULCO.

Je partage ton avis, Ariston, et je me plais à
croire qu'il ne sera contredit par aucun de
nous.

(Tout le peuple fait un signe d'approbation.)

SCÈNE V.

LES PRÉCÉDENS , UN OFFICIER DES GARDES MARSEILLAISES.

L'OFFICIER s'approchant du Gouverneur.

Seigneur, Jules-César demande à entrer dans
la ville.

FULCO.

Que les portes lui soient ouvertes. *(L'officier
se retire.)* Seigneurs, allons recevoir cet illustre
général.

SCÈNE VI.

Les officiers et lés Consuls suivent Fulco; Antinoüs, Spelcy et le
peuple se rangent à droite; la porte de la ville s'ouvre; Jules-
César est prêt à entrer avec ses officiers. Fulco s'avance, ils s'em-
brassent sous la porte; ensuite Fulco prenant César par la main,
l'introduit. Les officiers de César conduits par Trébonius, se
rangent à gauche.

LES PRÉCÉDENS, JULES-CÉSAR, TRÉBONIUS, OFFICIERS
ET SOLDATS ROMAINS.

FULCO s'adressant à César.

César! tu nous as demandé une entrevue, nous
n'avons pas balancé à nous rendre à tes desirs.
Nous sommes prêts à t'écouter. Tu vois ces guerriers qui versèrent leur sang pour la défense des
Romains, et qui sont disposés à faire de nouveaux
sacrifices pour la gloire de leur pays et la félicité
de Rome.

JULES-CÉSAR.

Marseillais! votre valeur et votre courage me
sont connus : je n'ai jamais douté de l'amitié qui
vous lie aux Romains et je desire de la conserver.
Vous connaissez sans doute les desseins ambitieux de Pompée, desseins qui deviendraient
funestes à la patrie, si je n'en arrêtais les progrès.
L'obstination, ou plutôt l'orgueil de ce capitaine,
semble ôter tout espoir de réconciliation entre
lui et moi. Je me rends en Espagne pour y
combattre ses troupes commandées par Afranius
et Pétrénis, ses lieutenans. Avant d'entreprendre
cette guerre, j'ai voulu vous demander la continuation de notre alliance et le secours de vos
soldats. Le dévouement que vous m'avez toujours
montré me permet de croire que mes sollicita-
tions ne seront point rejetées.

FULCO.

César! la division qui règne entre Pompée et toi nous afflige autant qu'elle nous étonne, et tu apprécieras encore mieux tout le poids de notre infortune en apprenant que nous ne pouvons accepter tes propositions. *(César fait un mouvement de surprise.)* Ta surprise sera sans doute moins grande, quand tu sauras que les traités qui ont jusqu'à ce jour formé notre alliance avec toi, sont les mêmes à l'égard de Pompée, et qu'il nous serait impossible d'embrasser ta cause sans trahir nos sermens. Dailleurs sa cause est peut-être aussi juste que la tienne, et c'est ce que nous ne pouvons ni ne voulons pénétrer. Permets-nous donc de garder la neutralité et d'offrir notre ville comme un réfuge à ceux des Romains qui voudraient suivre notre exemple.

JULES-CÉSAR.

Magistrats! ce refus auquel je ne devais m'attendre, et qui devrait exciter mon ressentiment encore plus que ma surprise, ne présente que de faibles obstacles que trois de mes légions campées sous vos murs pourraient facilement vaincre. Rien, il est vrai, ne serait plus pénible à mon cœur; mais ce que je demande aujourd'hui est nécessaire à ma gloire, et rien ne saurait changer ma résolution.

FULCO.

Quels que soient tes projets, nous ne tour-
nerons point nos armes contre un allié que nous
estimons. Nous gémissons en apprenant les cala-
mités que vous appelez sur votre patrie; mais
Marseille n'aura jamais à se reprocher d'avoir
trahi les sermens qui la lient à Rome; tu es
trop juste, César, pour ne pas approuver les
motifs de notre refus, et pour accabler de tes
forces un peuple déjà trop affligé des maux que
Pompée et toi préparez non-seulement aux Romains, mais encore au monde entier; et puisque l'équité et le courage des Marseillais te sont
connus, tu peux t'attendre à la résistance la plus
opiniâtre, si tu persistes à assiéger leur ville.

JULES-CÉSAR.

Ignorez-vous que cette résistance serait inutile,
et que votre cité, cernée par mes soldats, ne
vous offrirait bientôt plus que des ruines, et que
vous seriez obligés à réclamer ce que vous dé-
daigneriez aujourd'hui avec plus de présomption
que de prudence.

FULCO.

Cet avenir, tout terrible qu'il est, ne saurait
changer nos sentimens. L'homme juste voit la
cause et non ses résultats; persuadé de la bonté

de la nôtre, tout obstacle ne ferait que redoubler notre ardeur, et si tu avais l'inhumanité de détourner le cours des eaux qui servent à nous désaltérer, nous n'aurions pas moins de force pour creuser les entrailles de la terre que de courage pour souffrir une soif dévorante, et attendre le moment de la victoire ou celui de la mort.

JULES-CÉSAR.

S'exposer aux horreurs d'une guerre inégale, c'est de l'obstination et non de la bravoure, et le peuple et ses consuls ne partageront pas le délire qui t'aveugle. Ils seront jaloux de participer à mes exploits, et de prendre part à ma gloire. Si tu les séduis par ton dangereux exemple, crains de plonger ta patrie dans un abyme d'où tu ne pourrais plus la retirer, nonobstant leur zèle et leur secours.

ARISTON.

La volonté des consuls n'a jamais différé de celle du gouverneur, et ce ne sera point lorsqu'il voudra conserver un réfuge à des alliés vaincus et soutenir l'honneur de la patrie, qu'il doit redouter une opposition de leur part.

ANTINOUS.

Le peuple confiant en la sagesse de ceux qui

le gouvernent, secondera toujours leurs efforts
pour se soustraire à ta puissance.

JULES - CÉSAR.

Vous connaissez ma volonté, j'exige qu'on la
respecte et qu'on s'y soumette. Je vous donne
une heure pour y réfléchir; ce délai expiré,
j'attaque votre ville, et vos remparts crouleront
devant mes phalanges toujours victorieuses......
Adieu !

Jules-César, Trébonius et ses officiers se retirent. Fulco et les
consuls les accompagnent jusqu'aux portes de la ville, qui se
referment après la sortie de César et des siens.

SCÈNE VII.

FULCO, ARISTON, ANTINOUS, SPELCY, Consuls,
Peuple et Soldats.

FULCO.

Généreux compagnons d'armes, je lis sur
votre visage l'indignation dont votre âme a été
pénétrée en entendant les ordres impérieux de
César; l'honneur, et l'amitié qui nous unit à Pompée, nous imposent l'obligation de les rejeter.
Si nous étions vaincus par César, notre ruine
serait certaine, et les lauriers qui couvrirent
toujours le front de nos soldats, pourraient être
ternis, sans que la gloire de ces intrépides guer-

riers en souffrît. Marseillais, vous connaissez votre devoir ! qu'au premier signal chacun se trouve sur les remparts ; je serai à votre tête, et si mon courage me trahit, qu'un de vous m'arrache la vie plutôt que de me laisser tomber au pouvoir d'un allié qui se déclare notre ennemi.

ARISTON.

Nous périrons tous avant que de nous rendre.

(Fulco, Ariston, les autres consuls et le peuple sortent.)

SCÈNE VIII.

ANTINOUS, SPELCY.

SPELCY à part.

Et moi qui croyais qu'ils étaient venus pour assister au mariage ! Il faut avouer qu'ils ont apporté de jolis instrumens ; mais du courage, Spelcy ! du courage, nous pourrions bien nous en servir pour les faire danser.

Béliélis entre précipitamment et va vers Antinoüs.

SCÈNE IX.

ANTINOUS, SPELCY, BÉLIÉLIS.

BÉLIÉLIS.

Cher Antinoüs, serait-il bien vrai que César...

ANTINOUS.

Oui, chère Béliélis, mes craintes n'étaient
que trop fondées, nous n'en pouvons plus douter ;
ce jour que j'attendais avec la plus vive impatience et que je croyais le plus beau de ma
vie, sera peut-être le dernier de notre bonheur.

BÉLIÉLIS.

Ne perdons pas courage, Antinoüs, employons
tous les moyens possibles pour triompher de ce
puissant ennemi, et si le sort des armes lui est
favorable, sachons mourir avec gloire. *(S'adressant à Spelcy.)* Spelcy, rends-toi sur les remparts,
observe les mouvemens que fera l'armée des
Romains, cherche à découvrir sur quel point
elle paraîtra vouloir diriger l'attaque, et tu
reviendras nous en rendre compte. *(Spelcy sort.)*

SCÈNE X.

ANTINOUS, BÉLIÉLIS.

BÉLIÉLIS.

Si César se dispose à nous attaquer, j'ai résolu
d'aller incendier son camp, cette nuit, ce soir
même ; si mon projet réussit, vous en serez
avertis par la flamme que vous verrez s'élever
du milieu de leurs tentes, et vous profiterez

2

du trouble que cet événement aura jeté parmi
les Romains, pour faire une sortie par la porte
la plus rapprochée du camp, accompagné de
tous ceux des citoyens qui seront déterminés à
vous suivre. Surpris d'un coup aussi audacieux
qu'inattendu, les Romains ne sauraient vous ré-
sister et la victoire est certaine. Si mon projet
est découvert, ma perte est inévitable, et je te
laisse, ô mon vertueux ami, toi dont je connais
le courage et la fermeté, l'honneur de venger
mon trépas, et de délivrer ton pays.

ANTINOUS.

Eh! quoi, vous oseriez exposer ainsi une vie
qui m'est cent fois plus chère que la mienne! je
souffrirais......

BÉLIÉLIS.

Si je l'oserais? Quel sacrifice pourrait égaler
celui de notre liberté? Quelle honte, si nous
étions forcés par une défaite à subir le joug de
César!......

ANTINOUS.

Subir le joug d'un vainqueur! Jamais, Béliélis;
mais vos jours me sont trop précieux pour que
je consente à ce que vous alliez les exposer d'une
manière aussi téméraire; c'est moi, c'est votre

ami qui portera la terreur et la mort dans le
camp des phalanges ennemies, et qui jure de le
réduire en cendres.

(Spelcy arrive en courant.)

SCÈNE XI.

ANTINOUS, SPELCY, BÉLIÉLIS.

SPELCY.

Je crois que l'instant approche et que César
est bien déterminé à tenter une attaque. — Il
dirige ses préparatifs du côté de la grosse tour;
mais nous sommes là! et s'ils approchent, nous
nous verrons de près. Hé ! qu'en dites-vous,
seigneur Antinoüs?

ANTINOUS.

Tu as raison, nous nous verrons de près. Mais
écoute : tu nous as dit que les préparatifs se
faisaient du côté de la grosse tour?

SPELCY.

Oui, seigneur.

ANTINOUS.

C'est bien. Ce soir, à onze heures, trouve-
toi dans une barque à l'entrée du port, et dis-
pose-toi à me suivre; tu recevras tantôt la note

des objets que tu devras embarquer, et observe
d'être exact à l'heure.

SPELCY.

Soyez tranquille, à dix heures je serai au
rendez-vous...... Me faudra-t-il des armes?

ANTINOÜS.

Je me charge de tout.

SPELCY.

Cela suffit, à onze heures.   *(Il sort.)*

BÉLIÉLIS à part.

A onze heures! Je le devancerai.

On entend dans le camp ennemi sonner les clairons, et dans la
ville crier : aux armes !

SCÈNE XII.

ANTINOUS, BÉLIÉLIS,

BÉLIÉLIS.

Ecoute, Antinoüs, le signal du combat! J'entends crier : aux armes!..... Je cours au-devant
de mon père et ne le quitte plus. *(Béliélis sort,
Antinoüs la suit.)*

SCÈNE XIII.

On entend dans la ville crier : aux armes ! Fulco suivi par des soldats
et des citoyens armés, traversent la scène de droite à gauche et
montent sur les remparts où les soldats se rangent en bataille ;
des femmes, des enfans traversent la scène, en portant aux
assiégés des pierres et des baquets d'eau bouillante. L'action
commence. Au milieu des soldats qui lancent leurs flèches et leurs
javelots, on aperçoit des femmes lançant des pierres ; Béliélis
arrive en courant, tenant un arc à la main ; elle veut l'armer,
la corde casse ; désespérée, elle cherche vainement à la rajuster ;
après un instant de réflexion, elle saisit son glaive et coupe deux
tresses de ses cheveux, dont elle forme une corde pour son arc,
court sur les remparts et ajuste les assiégeans. (Tableau.).

ACTE DEUXIÈME.

La scène représente le camp des Romains, situé devant les remparts de la ville, qui garnissent toute la droite du théâtre. Près de l'avant-scène, est une grosse tour attenante aux remparts : à l'autre extrémité, est une des portes de la ville. Presque en face de la tour, est un fort en bois construit par les Romains : plus loin, en est un second ; entre les deux forts sont deux beliers. Plusieurs tentes décorent le théâtre : quelques-unes servent de magasin et sont les plus rapprochées des forts ; celle de César est la première, placée à gauche.

SCÈNE PREMIÈRE.

JULES-CÉSAR, TRÉBONIUS.

JULES-CÉSAR.

Quelle défense opiniâtre ! malgré l'ardeur de nos soldats, nous n'avons jamais pu approcher des remparts. J'admirais avec surprise le courage de ces femmes qui, sans redouter le danger dont elles étaient entourées, ne se sont retirées dans la ville que lorsque nous avons eu cessé l'assaut.

TRÉBONIUS.

Seigneur, le courage des Marscillais est à toute épreuve, ils tiendront la parole que leur gouverneur vous a donnée, et ils mourront plutôt que de se rendre. Certain qu'ils n'accepteront pas les propositions que vous leur avez faites, je pense qu'il serait prudent de renouveler l'attaque, et de profiter ainsi de l'état d'épuisement où ils se trouvent. Si cette seconde tentative est encore infructueuse, nous aurons peut-être d'autres moyens plus sûrs et moins dangereux pour les soumettre.

JULES-CÉSAR.

Quels sont-ils?

TRÉBONIUS.

Un Romain exilé est depuis cinq ans dans Marseille, et dans l'espoir d'obtenir sa grâce, il m'a offert de me conduire, pendant la nuit et par un souterrain secret, au centre de la ville. Cent hommes, a-t-il dit, peuvent nous suivre; mais ne lui accordant pas toute la confiance qu'il croit mériter, j'avais résolu de m'y rendre

seul, pour juger de la vérité de son récit et de
la possibilité d'exécuter une incursion. Il doit
se trouver ce soir, à onze heures, dans une embarcation au bord du rivage : c'est là que nous
devons nous réunir, si vous le permettez, et il
a juré de remplir sa promesse. La nuit sera ob-
scure et les galères mouillées à l'entrée du port
ne sauraient nous apercevoir.

JULES-CÉSAR.

Le lâche! c'est ainsi qu'il reconnaît le bien-
fait de l'hospitalité! Je consens à ce que tu ac-
ceptes son offre, mais il ne jouira pas du fruit
de sa trahison! tu viendras me rejoindre ensuite
dans ma tente. Examine, avant ton départ, si
toutes les sentinelles sont placées, et si chacun
est à son poste.

(Il rentre sous sa tente.)

SCÈNE II.

Trébonius exprime en pantomime qu'il va obéir et salue César. —
La rampe se baisse lentement; les clairons sonnent la retraite et
les soldats rentrent dans les tentes. Trois sentinelles seulement
demeurent en dehors, une devant chaque tente; Trébonius examine si tous les soldats sont rentrés; il passe dans la coulisse, y
prend une mante et revient; il va s'assurer si la sentinelle la plus
éloignée a reçu le mot d'ordre. Il s'avance sur la scène; on aperçoit un bateau dans lequel sont Béliélis et Spelcy, et qui vient
aborder au rivage; Béliélis seule débarque en tâtonnant, et s'a-
vance du premier fort où elle s'arrête.

TRÉBONIUS.

L'heure approche; voyons si ce Romain n'est point encore au rendez-vous.

BÉLIÉLIS.

Voici le premier fort.

Trébonius avance lentement du rivage, aperçoit la barque de Spelcy qu'il croit celle du Romain exilé.

TRÉBONIUS

Le voilà ! Partons.

Trébonius entre dans le bateau et fait signe de partir. Le bateau s'éloigne, et aussitôt on voit arriver un autre bateau conduit par Fulvius, et qui vient mouiller au rivage.

SCÈNE III.

BÉLIÉLIS, FULVIUS.

Pendant que Trébonius s'embarquait avec Spelcy, Béliélis s'est rapprochée du second fort et ensuite de la sentinelle placée à la tente de César ; la sentinelle crie : qui vive ! Béliélis fuit du côté du rivage, et sort de dessous sa mante un glaive qu'elle y tenait caché ; la troisième sentinelle se présente au-devant d'elle et l'arrête en plaçant son sabre sur sa poitrine et criant : qui vive ! Béliélis se défend ; combat au sabre entre Béliélis et la troisième sentinelle, qui crie : aux armes ! César et plusieurs soldats sortent de leurs tentes. Quelques-uns d'entr'eux ont des torches allumées ; Béliélis, saisie par derrière, est amenée devant César. Pendant le combat que soutient Béliélis, deux soldats sautent dans le bateau qu'ils viennent d'apercevoir, saisissent Fulvius et l'amènent aussi devant César.

SCÈNE IV.

JULES-CÉSAR, BÉLIÉLIS, FULVIUS, Officiers
ET Soldats.

UN OFFICIER.

Seigneur, voilà un étranger qui s'est introduit
dans le camp, et qui a fait résistance lorsqu'on
a voulu l'arrêter.

JULES-CÉSAR.

Eh ! comment a-t-il pu y pénétrer ?

UN OFFICIER.

Je l'ignore ; mais lorsque nous l'avons saisi,
nous avons découvert cet autre étranger dans
une barque mouillée au rivage.

(Béliélis fixe Fulvius, et paraît surprise de voir un autre que Spelcy.)

JULES-CÉSAR.

Etranger, qui es-tu ?

BÉLIÉLIS.

Citoyen marseillais.

JULES-CÉSAR.

Que venais-tu faire en ces lieux ?

BÉLIÉLIS.

Délivrer ma patrie de son ennemi.

JULES-CÉSAR.

Eh ! comment ?

BÉLIÉLIS.

En te donnant la mort.

JULES-CÉSAR.

Et tu oses l'avouer !

BÉLIÉLIS.

Tu oses bien nous assiéger, toi, que Marseille
a constamment chéri, pour qui elle a prodigué
et ses enfans et ses trésors; tu ne crains pas de
nous faire éprouver les horreurs de la guerre,
et tu t'étonnes que j'ose tout hasarder pour la
servir et la venger ?

JULES-CÉSAR.

Ignorais-tu le sort qui t'attendait?

BÉLIÉLIS.

Quel qu'il soit, il ne saurait m'intimider.

UN OFFICIER.

Seigneur, cet homme se dit romain de nais-
sance et exilé à Marseille; il assure ne point
connaître cet étranger, et n'avoir pas contribué
à son introduction dans le camp.

JULES-CÉSAR.

A-t-il décliné son nom?

FULVIUS.

Fulvius !

JULES-CÉSAR.

Quel motif t'a porté à une démarche environnée
des dangers les plus éminens?

FULVIUS. (Après un moment d'hésitation.)

Je ne puis......

JULES-CÉSAR.

Je savais que tu ne pouvais t'expliquer, et c'est
ainsi que tu espères obtenir le pardon d'une
première faute?

BÉLIÉLIS.

Je vous déclare, seigneur, que je ne connais
pas cet homme, et qu'il n'a pris aucune part à
mon arrivée dans le camp romain.

JULES-CÉSAR.

Cet aveu, dont j'apprécie la vérité, est son
arrêt de mort. Soldats! que ces deux coupables
soient livrés, avant le retour du soleil, au su-
plice qu'ils on mérité.

(Béliélis fait un mouvement d'effroi et laisse tomber sa mante.)

JULES-CÉSAR (étonné.)

Une femme!.... Soldats, éloignez-vous; veillez
sur ce criminel (désignant Fulvius), vous m'en
répondez.

(Les soldats s'éloignent avec Fulvius.)

SCÈNE V.

JULES-CÉSAR, BÉLIÉLIS.

JULES-CÉSAR.

Je ne m'attendais pas à un pareil événement.
Ton dévouement et ton sexe m'intéressent, et je
suis porté à t'accorder ta grâce, si tu consens à
répondre avec franchise à mes questions.

BÉLIÉLIS.

Ma grâce! ton pardon me rendrait coupable.

JULES-CÉSAR.

Calme toi. J'estime la fierté de ton caractère;
mais je blâmerais un orgueil téméraire. Satisfais
à mon impatience, et ensuite tu connaîtras ce
que j'exige pour te rendre à ta patrie.

BÉLIÉLIS.

Parlez.

JULES-CÉSAR.

Quel est ton nom?

BÉLIÉLIS.

Béliélis, fille du consul Ariston.

JULES-CÉSAR.

Quoi! tu serais la fille d'Ariston?

BÉLIÉLIS.

Oui, seigneur.

JULES-CÉSAR.

Ton courage cesse de m'étonner. Mais ton père
a-t-il pu consentir à te sacrifier?

BÉLIÉLIS.

Ne l'accuse pas, il ignore mon projet.

JULES-CÉSAR.

Eh! quel aveuglement a pu te déterminer
à une action aussi imprudente que condamnable?

BÉLIÉLIS.

Quel aveuglement? Mon devoir.

JULES-CÉSAR à part.

Quelle âme généreuse! *(Haut.)* Mais encore
une fois, avais-tu calculé tout le danger auquel
tu t'es exposée?

BÉLIÉLIS.

J'avais tout prévu et je ne redoute rien.

JULES-CÉSAR à part.

Mettons sa constance à une plus rude épreuve,
et voyons si la crainte de la mort ferait fléchir son
courage. *(Haut.)* Je te l'ai déjà dit, ta jeunesse et
ton inexpérience me touchent, et je consens à te

rendre à ton père, *(Béliélis fait un mouvement de joie)* si tu sers mes desseins.

BÉLIÉLIS étonnée.

Qui, moi? Je te croyais plus généreux, César; je ne voulais aucune grâce de toi ; je n'en espérais aucune ; mais je ne pensais pas qu'un grand capitaine pût insulter au malheur. Béliélis trahir sa patrie, son père, ses amis !..... La tentative que je viens de faire aurait dû t'apprendre si je suis accessible à la crainte ou capable d'une bassesse.

JULES-CÉSAR

Ton zèle t'aveugle et t'empêche d'apprécier les avantages que tu peux retirer pour ton pays de ta soumission à mes volontés. Je t'accorde la liberté pour tous les tiens, l'affranchissement de tout impôt et l'amitié de César.

BÉLIÉLIS avec force.

A l'amitié du premier conquérant du monde, je préfère l'estime du dernier de mes concitoyens.

JULES-CÉSAR.

Eh bien! tu subiras le sort auquel te condamnent les lois de la guerre.

BÉLIÉLIS.

Je saurai mourir avec fermeté, et Marseille honorera ma mémoire.

JULES-CÉSAR.

Rentre sous cette tente, César veille sur toi,
et sans doute la réflexion en t'éclairant sur tes
vrais intérêts, te rendra plus docile.

BÉLIÉLIS.

Je supporterai les rigueurs du sort sans mur-
murer, ni me plaindre; mais il n'est pas au pouvoir d'un mortel de m'avilir.

César accompagne Béliélis dans la seconde tente, où il ne doit y
avoir aucun soldat, et place une sentinelle devant.

SCÈNE VI.

JULES - CÉSAR seul.

Elle me force à admirer son dévouement hé-
roïque; mais les difficultés ne doivent point m'arrêter pour réduire une superbe cité qui renferme
un peuple aussi vaillant que vertueux, et dont
l'alliance rendrait plus redoutables les forces de
mon rival d'ambition et de gloire. Il n'est point
d'obstacle insurmontable pour César, et puisque
la crainte, la séduction et la menace ont été sans
effet sur ces fiers enfans de la Phénicie, dont je
veux conquérir la confiance que je n'ai pu gagner,
qu'une seconde attaque terrible et décisive les

attache à ma destinée ou les soumette à ma volonté.

(Il rentre sous sa tente.)

SCÈNE VII.

ANTINOUS, SPELCY.

On voit revenir le bateau conduit par Spelcy, où se trouve Antinoüs sous le costume de Trébonius ; il aborde le rivage : Antinoüs débarque le premier, tenant un sabre d'une main et un tube qui renferme une mèche de l'autre ; Spelcy le suit, tenant sous ses bras plusieurs paquets de matières combustibles, qu'il dépose auprès du premier fort du côté du rivage ; Antinoüs, après avoir reconnu les deux forts, s'avance en tâtonnant de la deuxième sentinelle, qui lui crie : qui vive ! Antinoüs répond : *Rome et la victoire* ; la sentinelle baisse son sabre qu'elle avait porté au-devant d'Antinoüs en lui criant : qui vive !

ANTINOUS à la sentinelle.

N'a-t-on pas arrêté une femme dans le camp pendant mon absence ?

LA SENTINELLE.

Oui, seigneur ; elle est dans cette tente.

ANTINOUS.

Qu'on la conduise ici.

(La sentinelle entre dans la tente.)

Dieu ! donne-moi la force d'achever notre ouvrage.

(Béliélis sort de la tente, Antinoüs la prend par la main , elle tressaille.)

3

SCÈNE VIII.

ANTINOUS, SPELCY, BÉLIÉLIS.

ANTINOUS.

Ne craignez rien, madame, approchez. *(Ils s'é-loignent des sentinelles. A voix basse.)* Silence, Béliélis, nous sommes sauvés !

BÉLIÉLIS.

Antinoüs !......

ANTINOUS à voix basse.

Silence !...... Apprenez que Trébonius est en notre pouvoir, et que c'est avec son costume et le mot d'ordre du camp, que j'ai pu parvenir jusqu'à vous. Nous n'avons pas un instant à per-dre, suivez-moi, et que bientôt la flamme dé-vore les ouvrages que les Romains ont élevés contre nos remparts.

Antinoüs conduit Béliélis auprès de Spelcy, ils prennent les paquets d'étoupe, en placent plusieurs sous chaque fort, y mettent le feu en même temps; après, ils se réembarquent tous les trois et aussitôt que la flamme s'aperçoit, ils éloignent le bateau du rivage. An-tinoüs brandit la mèche qui a servi pour incendier le camp; les sentinelles crient: aux armes! les Romains accourent de toute part, un officier s'approche de César au moment où il sort de sa tente.

SCÈNE IX.

JULES-CÉSAR, un Officier et Soldats Romains.

L'OFFICIER.

Seigneur, Trébonius votre lieutenant, vient d'enlever la prisonnière et d'incendier le camp, pour favoriser leur fuite.

JULES-CÉSAR.

Trébonius !......

L'OFFICIER.

Nos soldats l'ont vu, et l'un d'eux en a reçu le mot d'ordre.

JULES-CÉSAR.

Le malheureux recevra le prix de son crime !

César s'avance précipitamment du côté des remparts, et les flammes l'arrêtent. (Tableau.)

ACTE TROISIÈME.

*Même décoration qu'au premier acte; quelques
soldats sont dispersés sur les remparts.*

SCÈNE PREMIÈRE.

Fulco et Ariston entrent en pressant dans leurs bras Béliélis et
Antinoüs; Spelcy et plusieurs habitans les suivent

FULCO.

Mes enfans, que je vous presse encore dans mes
bras ! quelles cruelles inquiétudes n'avons-nous
pas éprouvé de l'absence de cette chère Béliélis.
Dis-nous, Antinoüs, par quel miracle as-tu pu
la délivrer?

ANTINOUS.

Rendons grâce aux dieux qui ont veillé sur
elle, et qui, en m'inspirant un dessein hardi,
m'ont donné la force de l'exécuter avec succès.
Ayant entendu désigner le lieu de notre rendez-
vous, Béliélis prend la résolution téméraire,
mais généreuse de me prévenir. Elle s'enveloppe
d'une mante, cache sa belle chevelure sous un
casque, et surprend Spelcy qui était muni de

tous les objets nécessaires à notre expédition. Elle
s'embarque et lui enjoint impérieusement de la
conduire sur le rivage qui borde le camp des
Romains. Vous êtes instruits, seigneurs, de la
manière dont Béliélis fut découverte, et comment
Trébonius se servit, par mégarde, de son embarcation, pour venir sans doute tenter de nous
surprendre. Ce n'est qu'à peu de distance de la
chaîne qui ferme le port, que l'inconnu adressa
ces paroles à son conducteur : *où est donc l'entrée
du souterrain?* Spelcy, étonné de cette question,
reconnaît un officier romain dans la personne qu'il
avait prise pour Béliélis jusqu'à ce moment, et il
redouble d'efforts pour aborder à l'endroit que je
lui avais assigné dans l'espoir de m'y trouver encore. L'inconnu s'écrie : *Je suis trahi!* et lève son
poignard sur Spelcy pour l'en frapper. J'entends
les cris de ce fidèle serviteur, je m'élance dans
l'embarcation, saisis le Romain qui, troublé de
mon apparition et fortement pressé, est obligé de
se rendre. Nous le reconnaissons pour Trébonius,
l'un des lieutenans de César; mais il se tait sur le
motif qui a causé sa méprise.... Je confie notre prisonnier au commandant du petit fort. J'échange
mes vêtemens contre les siens, et par la protection
du ciel, je trouve un papier où sont écrits ces
mots : *Rome et la victoire,* que tout m'annonce

être le mot d'ordre de l'ennemi. Déguisé et muni
de cette précieuse instruction, je vole avec Spelcy
à notre embarcation, et à force de rame, nous
parvenons bientôt au camp des Romains. — Nous
délivrons notre héroïne, et les flammes qui dé-
vorent les tours qu'ils ont construites et leurs
machines de guerre, éclairent notre fuite et jet-
tent l'épouvante parmi leurs soldats.

SPELCY.

C'est cela !

ARISTON.

Vous ne pouviez, mes chers enfans, employer
votre courage pour une plus belle cause; mais
que ce courage soit désormais dirigé par la prudence.

BÉLIÉLIS.

Ah ! mon père, votre présence a ranimé toutes
mes forces.

ARISTON.

Permettez, seigneur, que ma fille se retire.
L'humanité réclame nos soins auprès des blessés,
et je vais m'empresser de pourvoir à leurs be-
soins.

FULCO.

Consul, ce sentiment vous honore, et je le

partage : allez et faites amener Trébonius devant
moi. Je dois l'interroger, et je veux qu'il soit
convaincu que la générosité des Marseillais égale
leur fermeté et leur bravoure.

*Ariston fait un signe d'approbation, présente sa main à Béliélis, et
sortent ensemble ; Spelcy et le peuple les suivent.*

SCÈNE II.

FULCO, ANTINOUS.

FULCO.

Nonobstant l'attaque de César, tu touches à
ton bonheur ; j'attends Trébonius, je le renverrai
libre pour que César ait une nouvelle preuve
de notre loyauté, et du désir que nous avons de
maintenir la paix. Puisse cet acte de générosité
l'éclairer sur l'injustice de ses projets, et nous
épargner de nouveaux malheurs ! Tu le sais, mon
cher fils, notre dernière sortie nous a extrême-
ment affaiblis, et sans le courage de nos héroïnes,
peut-être n'aurions-nous pu empêcher les Romains d'entrer avec nous dans la ville.

*(Un officier des gardes marseillaises entre accompagné de Trébonius
sans armes.)*

L'OFFICIER.

Gouverneur, le consul Ariston m'a ordonné de
conduire cet officier romain devant vous.

FULCO.

C'est bien..... Laissez-nous.

(L'officier sort.)

SCÈNE III.

FULCO, TRÉBONIUS, ANTINOUS.

FULCO.

Trébonius, des circonstances que nous ignorons encore, t'ont fait tomber en notre pouvoir; nous pourrions nous venger des maux que César nous fait volontairement éprouver en le privant pour toujours de tes services, mais tu es Romain, et nous sommes toujours tes amis; César seul est coupable, et dès ce moment je te rends à la liberté; retournes au camp de ton général, racontes lui tout ce que tu as vu, dis-lui bien à quel prix nous mettons la victoire, et quels seront les obstacles qu'il devra surmonter pour effectuer les désastres qu'il nous prépare.

TRÉBONIUS.

Seigneur, votre générosité me surprend moins qu'elle ne vous honore; j'étais loin, il est vrai, de m'attendre à une semblable faveur. Si j'accepte la liberté que vous me rendez, c'est pour défendre votre cause, et obtenir de César, un traité qui

termine cette lutte, et assure pour toujours la
prospérité de Marseille.

FULCO.

Et vous comblerez notre espérance. Nous eus-
sions accepté avec empressement les propositions
de César, si l'honneur nous l'eût permis. Le
sang de nos concitoyens nous est trop précieux
pour que nous nous exposions à le verser sans
motif légitime.

(Spelcy arrive en courant et s'adressant à Fulco.)

SPELCY.

Ah ! seigneurs, ces damnés de Romains, malgré le ravage que leur a fait l'incendie de cette
nuit, se disposent à une seconde attaque. Déjà
l'on entend leurs clairons, et leurs bataillons se
réunissent.

(On entend sonner les clairons dans le camp romain.)

FULCO.

Nous sommes disposés à les bien recevoir.
Trébonius, le moment paraît peu favorable pour
sortir de la ville; rendez-vous chez moi : Antinoüs
vous y accompagnera, et aussitôt que les circonstances me le permettront, je tiendrai ma parole.

(Trébonius sort avec Antinoüs.)

SCÈNE IV.

FULCO, SPELCY.

SPELCY.

Vous faites fort bien, seigneur, de le mettre sous la protection de votre fils; car; il serait à craindre que le peuple désespéré des maux qu'il souffre pour le caprice de son chef, ne se portât à quelqu'acte de vengeance.

FULCO.

Le peuple est bien fatigué, mais est-il toujours disposé à se défendre ?

SPELCY.

Oui, seigneur, plus que jamais. Le casque d'un Romain suffirait pour ranimer son courage, s'il pouvait se ralentir.

(Ariston arrive précipitamment.)

SCÈNE V.

Les Précédens, ARISTON.

ARISTON.

Gouverneur, les Romains sont sur le point de former une nouvelle attaque; j'ai donné l'ordre de sonner l'alarme, et que tout citoyen en état de porter les armes se rendît sur les remparts.

(On entend dans la ville les clairons qui sonnent l'alarme.)

Je vais aller sur la grande place, pour me mettre à la tête de ceux qui s'y sont réunis. Antinoüs commandera la deuxième section, et nous l'attendrons sur les remparts.

FULCO.

Allez, brave Ariston! je serai auprès de la tour; c'est là que nous triompherons où que nous verrons nos remparts s'écrouler sous nos pieds.

(Ariston sort.)

SCÈNE VI.

FULCO, ANTINOÜS, ARISTON, BÉLIÉLIS, SPELCY,
PEUPLE ET SOLDATS MARSEILLAIS.

Fulco monte sur les remparts, où il fait prendre des positions à différens soldats; des hommes armés, des femmes et des enfans courent aussi sur les remparts, en portant des pierres et des pièces de bois; ils sont suivis d'Antinoüs à la tête d'une compagnie; le bruit des clairons augmente de part et d'autre; l'assaut est donné, et les assiégés lancent des flèches et des pierres au moyen des frondes et des catapultes; on entend de temps à autre un bruit sourd causé par les coups des beliers. Une partie des remparts s'écroule; César, suivi d'une foule de Romains, entrent par la brèche; Ariston et quelques officiers courent audevant d'eux, et engagent un combat au sabre avec César et les siens; Béliélis arrive aussitôt armée d'une hache et attaque un Romain; pendant cela, d'autres soldats sont montés sur les remparts, et se battent avec Fulco et Antinoüs. Enfin, les Marseillais sont vaincus et rendent les armes. César leur ordonne d'avancer. Tout ce qui tient à Marseille, passe à droite de la scène, et les Romains à gauche : César s'avance au milieu.

SCÈNE VII.

CÉSAR, FULCO, ARISTON, BÉLIÉLIS, SPELCY,
PEUPLE, SOLDATS MARSEILLAIS ET ROMAINS.

JULES-CÉSAR.

Marseillais! vous avez refusé l'alliance que je
vous ai offerte, et au lieu de participer à ma
gloire, vous êtes maintenant mes sujets. Vous
vous êtes illustrés, il est vrai, par une belle
défense, et j'avoue que votre défaite même vous
honore; mais si vous aviez épargné le sang de vos
concitoyens, en acceptant mes propositions, vous
seriez encore mes alliés, et je suis votre vainqueur!
Avant de vous faire connaître ma volonté, j'exige
que vous me livriez un traître qui est parmi vous,
celui qui cette nuit a porté la flamme dans
mon camp.

ANTINOUS.

Le voici.

JULES-CÉSAR.

Comment, jeune guerrier, c'est toi?

ANTINOUS.

Oui! seigneur.

JULES-CÉSAR.

Tu m'abuses; mes soldats m'ont assuré avoir
vu Trébonius, et en avoir reçu le mot d'ordre.

ANTINOUS.

Je le lui avais arraché avec ses habits, après
l'avoir fait mon prisonnier; mais je le vois qui
s'avance, et il se justifiera lui-même.

JULES-CÉSAR.

Ah! je crois à ta parole, mon âme avait be-
soin d'un semblable aveu, et ma victoire est com-
plète, puisque je retrouve Trébonius fidèle à son
pays et à mon amitié.

(Trébonius arrive, César lui tend la main.)

SCÈNE VIII.

LES PRÉCÉDENS, TRÉBONIUS.

JULES-CÉSAR.

J'ai pu te soupçonner un instant, Trébonius; de
fortes présomptions s'élevaient contre toi, et je
t'ai cru coupable de trahison sur la parole d'un
de mes officiers; mais ce guerrier t'a justifié. Le
calme de ta figure me garantit celui de ta con-
science, et je me sais bon gré d'avoir abrégé ta
captivité.

TRÉBONIUS.

Captif! je ne le fus qu'un instant, seigneur,
et j'allais me rendre auprès de vous, lorsque nos
troupes ont reçu le signal de l'attaque; le gouver-

neur m'avait rendu à la liberté, et je m'étais pro-
mis de l'employer pour le bonheur de ce peuple
de héros !.... Une méprise bien grande m'a fait
tomber au pouvoir des Marseillais ; mais les dieux
l'ont permise, pour me rendre témoin de leur
valeur et de leur générosité.

JULES – CÉSAR.

La résistance qu'ils m'ont opposée, le sang
de nos soldats qu'ils ont répandu, m'obligent
à les traiter selon les lois de la guerre, et j'a-
jouterai que l'obstination et la fierté de leur
gouverneur ont suffisamment excité mon cour-
roux, pour que rien ne puisse les y soustraire.

FULCO.

Si le gouverneur de Marseille a encouru ta
disgrace, il est prêt à subir le supplice que tu lui
prépares ; mais qu'il soit aujourd'hui la seule vic-
time que tu immoles à ton ressentiment.

TRÉBONIUS.

Seigneur, si vous conservez pour moi cette
bonté dont je reçus tant de preuves, daignez
être dans cette circonstance aussi clément que
grand capitaine ; accordez à ce peuple généreux
la paix et la conservation de leur liberté.

(On entend sonner les clairons : tous les regards se portent vers la
porte de la ville ; un officier romain entre.)

SCÈNE IX ET DERNIÈRE.

Les Précédens, un Officier Romain.

L'OFFICIER ROMAIN.

Seigneur, une armée, du parti de Pompée, vient pour se réunir aux Marseillais; elle est débarquée sur la côte, à une lieue de la ville; j'en reçois l'avis par le commandant d'un de vos vaisseaux stationnés sur la rade.

JULES-CÉSAR.

C'est assez..... *(Aux Marseillais.)* Peuple belliqueux, la victoire m'appelle à de nouveaux succès; mais avant de vous quitter, je vais fixer votre destinée. *(Tout le peuple prête attention.)* Si votre gouverneur a causé une partie des maux que vous venez d'éprouver, il a su calmer mon ressentiment et mériter ma clémence par sa conduite envers un de mes braves compagnons d'armes, de mes plus habiles guerriers. J'oublie, Marseillais, votre résistance, et ne veux me rappeler que de votre valeur; vous serez désormais sujets romains, mais affranchis de tout impôt et gouvernés par vos propres lois. *(Fixant Antinoüs.)* Quant à toi, Antinoüs, je connais tes projets..., et je te réservais pour ma dernière vengeance : le vainqueur, tu le sais, peut disposer de tout, et je te donne à Béliélis; puissiez-vous être long-temps heureux, et transmettre à vos enfans et votre courage et vos vertus.